사랑은 인간을
자유케 하는 것

사랑은 인간을 자유케 하는 것

남중헌 지음

하나님은 사랑이시요
새 계명도 사랑
자유투쟁은 주님의 뜻
진리 사랑 자유는 같은 뜻

맑은샘

책머리에

좋은 시를 판단하는 기준은 과연 무엇일까? 시를 쓸 때마다 제기되는 의문이었다. 나름대로 그 기준들을 설정해보았다. 물론 다른 사람들과 좀 다를 것이다.

필자는 가장 중요한 첫째의 최고의 기준으로 의미성이라고 보았다. 의미없는 시들은 모든 조건을 다 갖춘다고 해도 다른 모든 종류의 글의 경우와 마찬가지로 역시 가치가 없을 것이다. 두 번째는 내용의 응축성 혹은 간결성이다. 시는 똑같은 내용을 보다 간결하게 응축시킨 노력이라는 특징을 갖는다. 만약에 여기에 실패하면 시가 아니라, 오히려 단편소설, 수필, 일기, 논설문 등의 다른 장르에 더 가까워질 것이다. 세 번째는 이해의 용이성이다. 최근에 시를 쓰는 고도의 기교 때문에 너무 어렵게 써서, 작가가 직접 설명을 해주지 않으면 도저히 이해 불가능한 경우가 많다. 이것은 바람직하지 않다고 본다. 네 번째는 예술성이나 창의적 표현력이라고 본다. 똑같은 내용도 창의적 표현의 예술성 수준에 따라 더욱 멋지고 큰 감동을 주기 때문이다. 만약 어느 시인이 이러한

재능을 갖춘다면 아마도 매우 유리한 입장에 놓일 것이다. 다음에, 다섯 번째로는 구조적 논리성이다. 그냥 아름다운 시구들을 잔뜩 나열한 것만으로 좋은 시가 될 수가 없을 것이다. 시구들 사이의 체계적이고 종합적인 논리적 연결성이 필요하다.

　필자는 시를 쓸 때마다 위의 5가지 판단기준을 염두에 두고 쓰려고 노력했으며, 또한 다른 사람들의 시를 읽을 때도 이러한 기준에 의하여 해석해 보았다. 그러나 이 5가지 판단기준 중에서도 점차 첫 번째의 의미성의 비중이 점점 더 커지고, 나머지 4가지의 기준은 부차적인 것으로 그 중요성이 그만큼 줄어들었다. 따라서 필자의 시는 결국 마치 격언과 같은 삶의 깨달음이나 감동의 의미있는 짧은 글일 뿐, 때때로 시로서 봐주기가 어려울지도 모르겠다. 사실상 필자는 꼭 시만을 고집해야 할 이유도 없다. 그냥 공감하고 싶은 자신의 정신적 삶의 발자취이면 족한 것이다. 사정은 이와 같다고 해도, 필자는 "의미가 함축된 짧은 글"은 거의 모두가 시라고 말해도 무방하지 않을까라고 생각하고 있다.

나의 시에 관심을 갖는 분들에게 힘을 얻어 또다시 이번 네 번째 시집 출간을 외람되이 또 감행하게 되었다. 최근 우리나라가 백척간두에 놓이고 자유민주체제 붕괴위기에 직면하여 사실상 다른 정신적 여유가 없었다. 따라서 이 시집에서도 자연히 현실참여 및 사회비판적인 시가 다소 많이 포함되지 않을 수 없었다. 물론 이러한 종류의 시는 어느 시대적, 공간적 특수한 맥락하에서만 올바로 그 의미가 해석될 것이다. 이번 시집이 나오는데도 늘 관심과 조언을 해 주신 '창작애' 회원님들의 도움이 컸다. 그리고 이번에도 출판을 흔쾌히 허락을 해 주신 도서출판 맑은샘의 사장님께도 깊은 감사의 말씀을 드린다.

2022년 12월 10일

울주군 못안못 노거정에서

저자 남중헌 씀

차례

성경책

오랫만에
성경책에
뽀얗게 쌓여있는 먼지를
탁탁 턴다

성경책은
인간의 지혜와 능력으로는
도저히
쓸수 없는
하나님의 말씀

인생의 최대 실수는
한번도
성경책을 읽지 못하고
죽는 것이겠지

신기한 일

생각을 결정하는
요인들은
너무나 많다

서로 생각이 다른 것은
당연한 일이고

서로
생각이 같은 것이
오히려
신기한 일이다

기능차이

십리길을
팔로
걸어갈 수 없다

음악을
눈으로
들을 수 없다

미술작품을
귀로
볼 수 없다

정신적
참 사랑을
육체로 알 수 없다

마음의 방향

감사하니까
열가지 이상의
장점을
보게 되고

불만을 갖으니까
열가지 이상의
단점을
보게 되네

인류역사

인류의 역사는

인간의 자유를 지키는 세력과
인간의 자유를 빼앗는 세력 사이의

끊임없는 전쟁과 투쟁의 역사

지금도 진행 중

가을뱀

작업장 양지쪽으로
뱀 한마리가
스르르 다가온다

날씨가
싸늘해지니
곧 땅속으로 들어가
동면을 하겠지

올해 마지막으로
보는 뱀이겠다

그동안
한해 잘 지냈다고
밭주인에게
하직인사 하러왔나

나는
너를
별로 좋아하지 않거든

그러니까
다시는 인사하러
나를 찾아오지도 말고

스스로 알아서
땅속으로 들어가렴

예수님의 생각

아흔아홉 마리의
양떼를
뒤에 남겨두고

잃어버린
한 마리의 양을 찾기 위하여
온 가시덩쿨 길을
찾아 헤매시는
예수님께서는
분명

전체주의 사상 보다는

한사람
한사람을
매우 소중하게
생각하시는

개인주의 사상을
선호하신 듯

해방직후

왜 사람들이
빨간 깃발아래로 모이지

인민군이
들어와서
빨간 깃발이면
살고
파란 깃발이면
죽기
때문이지

왜 사람들이
파란 깃발 아래로 모이지

미군이
들어와서
파란 깃발이면
살고
빨간 깃발이면
죽기
때문이지

세상이치

생각보다

참으로 간단하구나

침묵의 동의

갑이 을을
비난하고 있다

병은
옆에서 들은 후
그냥
침묵하고만 있다

갑은
병이
반쯤
자신의 생각에
동의한 것으로 본다

정답

여기에 관한
정답은
아주 간단하다

남한과
북한 중

내가
진실로
살고 싶은 곳은
어느 쪽인가

스스로
자신에게
물어보면 된다

이것이
자신의 정치적 진심

심각한 문제

자본주의냐
사회주의냐의
차이 보다도

개인주의냐
전체주의냐의
차이가

더욱더
심각한 문제인 듯

선조대왕

일본군이
우리나라를 침략할 줄은
정말 몰랐노라

예측이 빗나가
이 지경까지 되었으니
지금 어쩌랴

남해에
이순신이
왜군의 보급로를
차단해 주고 있는 사이에
빨리
피신을 해야겠구나

짐이
망하는 것은
곧
종묘사직을 끊는 것이니
위험을 피하는 것은
당연지사가 아니겠느냐

더 시간이 없으니
신들은
어서 몽진을 서두르라
평양을 거쳐서
신의주로 갈 것이니라

전하
그러면
이 나라의 백성들은
누가 지켜주며
누구에게
의지하게 되오리까

짐이
낸들
이 지경에 이르러
무슨
어찌할 도리가 있겠느냐
백성 각자가
알아서
살길을 잘 도모하라고
이르도록 하라

왜놈들은
조선백성들의
귀와 코를 베는
나쁜 습성이 있으니
각별히
조심하라고도 일러라

인간의 조건

죽어도
인간으로 죽는 사람

살아도
짐승으로 사는 사람

인류 역사상
무수한 사람들이

차라리
죽어도

이 인간의 조건을
놓치지 않으려고
마지막까지 몸부림쳤다

그렇다
바로 이것이
신의 뜻

짐승이 되지 않고
인간으로서의
자존심과
존엄
품위를 지키는 것

위험

타인의 생명이
위험에 처하니
타인에게
관심이
더 생기기 시작했다

나의 생명이
위험에 처하니
내 자신에게
관심이
더 생기기 시작했다

위험을 느끼기 전에는
사실상
모두가
가벼운
뜬구름 같은 존재였다

킬링필드의 악마들

사람들이 이렇게 많은데
저들이
설마
어쩔려구

천만에
ㅎㅎㅎ
악마들에게
숫자는
전혀
문제가 되지 않는다

만약에
패자가 된다면
포로들의 운명은
단지
총알 하나씩과
교환될 뿐이다

나란히 서서
빨리
자기 구덩이를 파라

그 곳에서
뒤로 돌아서라
얼른
바지를 벗고
웃옷을 벗고
팬티마저 벗어라

각자의 뒷통수를 겨눈
총들은
일제 사격으로
곧 불을 뿜었고
포로들은 맥없이
그렇게
계속
앞으로 꼬꾸라졌다

이천만 명은
단지
이천만 개의
탄알이면 충분했다
그 뿐

악마들에게는
복잡할 것
전혀 없었다

조국

조국과
조국의 산천을
사랑하지만

만약에
피로 물드는
조국이라면

여전히
사랑할 수
있을지 모르겠다

탕자의 기도

당신을 멀리 떠났던 자
당신의 이름을
망령되이 일컬었고
당신의 존엄을 무시해 왔던
이 탕자가
지금
한없이
마음이 약하여져서
당신께 무릎을 꿇고
간절히 기도드립니다
지금까지
당신을 배반한
이 죄악을
부디 용서해 주시옵소서
그리고
이 깊고 어두운
환난 속에 있는
우리나라를 구하여 주소서
저의 사랑하는 사람들을
모두 지켜 주소서
저에게도
저의 십자가를 두려워 않고

능히 질수 있는
용기를 주시옵소서
앞으로
어떤 상황에서도
저를
마지막까지
버리지 마시옵고
또다시
당신을 배반하지 않도록
강제로라도
저를 끌고가서
결국
구원에 이르도록
인도하여 주시옵소서

민족끼리

핵무기로 공격할 대상이 되고
약 이천만명이나 학살할 계획을 가진
민족끼리라면

서로 민족이 아닌 사람들끼리와
무슨 더 나은 차이가 있을까

묘지의 평화

새벽녘
오솔길을 따라
언덕을 오르니

갑자기
눈앞에 펼쳐지는
안갯속
광활한 공동묘지

오직
적막감만이
전체에
흐르고 있다

죽음이야말로
완전한
평화로다

숱한
묘지마다의 사연도
함께
철저히
침묵되고 있구나

연습 중

아름다운 눈빛으로
밝고 환한
미소를 짓는
여자들에게 착각하지 말아라

이들은
대개
자기의 좋은 이미지를
평소에
몸에 배이게 하려는
표정관리 연습 중일 수도 있다

절대
이것이
자기에게
관심을 갖는다든가
자기를 좋아하는 증거라고
과대망상하지 않도록

일했는지 놀았는지

예초기로 과수원에서
거의 하루종일
여유있게 풀을 베었다

동시에
거의 하루종일
유튜브로
뉴스나 음악 등을 들었다

내가
오늘 내내
일했는지 놀았는지
모르겠네

공범

잔인한
독재자를 지지하면

그 독재자의
모든 악행과
공범이 되는 것과 같다

그 독재자를
지지한다는 사실을
알고도
그런 지지자를 돕는다면

역시
공범이 되는 것과
마찬가지다

종속변수

국가는 독립변수이고
애국심은 종속변수이다

국가가 명예롭고
오직
국민의 생명, 자유, 재산 등을
지켜주려고 애쓴다면
저절로
애국심이 생겨날 것이다

반면에
국민을 착취하고
고문하고
처형만을 일삼는다면
저절로
적개심이 생겨날 것이다

국가는 독립변수이고
애국심은 종속변수이다

기획결혼

어느 집안의 엄마와 딸이
같은 주제로
매우 자주 통화한다

그 치과대학에
남학생이 68명이고
여학생이 32명이라며

이제 대학합격했으니
딴 것에 신경쓰지 말고
오직 짝을 찾는 일을
최우선으로 삼아라

뭐니뭐니해도
남자는
인간성이 제일이다
그리고 집안 배경도 두루
살펴보고

반드시 철저하게
잘 파악해야
결혼에 속지 않는단다

엄마, 알았어요
여름방학 때
후보자 4명을 만들어 갈께요

두 번째
이 남자가 제일
마음에 들구나
너도 그렇지
앞으로
딴 여학생에게 절대 빼앗기지
않도록
잘 사귀어라

그리고
2학기 중에 임신하고
이번 겨울방학에는
아예
결혼까지 해버리자꾸나

나쁜 충고

당신 코가
좀 이상하니
성형수술 받는 것이
좋겠다

당신 차의
흠집난 부분
보기가 안 좋으니
빨리 판금하는 것이
좋겠다

당신 집
창고가 보기 싫으니
허물어 버리고
새로 담을 치는 것이
어떻겠나

당신 애들
좋은 학교 못 다니니
재수시키는 것이
차라리 낫겠다

구별

예초기를 돌리다가
어린 묘목 하나를
무심코
날려버렸다

오늘은
속으로
조심하겠다고
그토록 다짐을 했건만

잘라진
묘목가지를 자꾸 보며

가슴이 아파
하루종일 기분이
우울하다가

마침내
나도
스스로
변명하기 시작했다

그렇게도

잡초와 구별이 안되면

도대체

낸들 어떡하노

땅콩

어둡고
답답한
땅속에서

어린시절은
너무나
힘들었다

이제는
과거를 잊으려고
늘
취하고 싶다

차라리
안주가 되어
맥주와
단짝이나 될까냐

모텔 광고

모텔도
이런 문구로 광고를 하네
하하하

"자세히 보아야 예쁘다
오래 보아야 사랑스럽다
너도 그렇다"

이 광고 때문에
연인들의 마음이
다소 움직이겠네

모텔 사업에서도
역시
심한
경쟁의 바람이 부는가보다

멋

마라톤 대회에서
질주하는
어느 80대 노인

어쩌면
저렇게도
멋질 수 있을까

의지
정성
노력이 결집된
예상밖의
움직임

그는
진정한
승자였다

어떤
부귀영화도
그를
따라가지 못할 걸

변화

젊을 때는
나를 좋아하는 여자 보다는
내가 좋아하는 여자를
쫓아 다녔다

나이가
많이 듦에 따라

점점
나를 좋아하는 여자가
내가 좋아하는 여자보다도
더욱더
소중해 지는구나

난이도

공부가
정말 어려운가

일등하려면
어렵지만
꼴등하려면
그렇게 어렵지 않다

농사가
정말 어려운가

수지를 맞추려면
어렵지만
대충하려면
그렇게 어렵지 않다

매사가
거의다
이와 같을 것이다

돈

물론
돈이 많다고
반드시
행복하지는 않을 것이다

그러나
돈이 없으면
확실히
고통스러워진다

마치
물이나 공기와 같은
물리적 현상처럼

그 부족한 정도가
심하여
이것 때문에
죽은 사람들도 아주 많다

아무래도
돈은 무섭다

그래서
비록 자기 소유의
돈이라 할지라도

지나친
낭비나 사치는
그 자체가
죄 될수 밖에

사랑은 인간을 자유케 하는 것

하나님은 사랑이시요
새 계명도 사랑
사랑은 인간을 자유케 하는 것
자유투쟁은 주님의 뜻
진리, 사랑, 자유는 같은 뜻

보너스

어느 배나무는
덩치가 큰데도
열매가 너무 적은 반면에

어느 배나무는
덩치는 작은데
열매가 너무 많이도 달렸구나

지난날 적과摘果 작업을
내가 소홀히 했구나
어쨌든
지금 또 솎아내기에는
너무 열매가 커 버렸으니

할수없이
생계 부담이 많은
작은 덩치의 나무에게는
비료 몇 삽을 더 얹어서
특별히
추가 보너스로 선사하겠다

다른 나무들은
다산의 가정에게 주는
정부보조금 같은 것이라고
나를
이해해 주면 될 것이야

국경을 초월하여

자유와 인권의 문제는
국경을 초월하여
모두가 함께 지켜야 할
전인류 공동의 과제

천재들

음악에
끝까지
무관심 했더라면
생각할수록
아찔한 일이다

이 세상에
진짜로 귀한 보배
진정한 천재들을
알아보지도 못한 채

그냥 무심하게
내 일생을
모두 보낼 뻔 했구나

비록 늦게나마
조금이라도
이를 접하게 되었으니
그나마 다행

하마터면
큰일날 뻔 했다

씨없는 수박

좀더 비싼 이유가
씨없는 수박이란다

과일점 아저씨의 자랑을
그냥 그러려니 하며
대충 들었는데

쪼개보니
진짜
완전히 씨가 없네
등골이 오싹함을 느낄 정도로

도대체
농민들이
이 수박한테 어떤 짓을
했길래

비록
먹기에는 편하지만
이 수박은
차세대를 만들기 위한
생식기능을
완전 상실당했구나

옛날
고자로 만들어져서
궁중으로 들어간
내시들의 슬픈 운명이
연상된다

익숙함

섹스라는 단어에
익숙하지 않은 사람이
섹스에 관한 이야기를 들으면
얼굴이 붉어진다

죽음이라는 단어에
익숙하지 않은 사람이
죽음에 관한 이야기를 들으면
기분이 우울해진다

자랑스러운 역사

자유가 없는
나라의
수천년의 역사가

자유가 있는
나라의
수십년의 역사보다

과연
더 큰
자랑스러운 역사로서의
가치가 있을까

강자

진정한 강자는
오직
올바른 원칙을 따라
정도만을
곧장
가면 된다

구태여
잔재주를 짜내거나
이리저리
복잡한 술수를
현란하게 쓸 필요가
전혀 없다

세 종류의 사람들

사람들을
크게
셋으로 나누어 본다

아직
세상을 돌아다니는
사람들

지금
병원에서 못 나오는
사람들

벌써
죽어서 땅에 묻힌
사람들

신뢰

스스로
손해를 보려는
과정에서
그 만큼
신뢰가 쌓이고

스스로
이익을 보려는
과정에서
그 만큼
불신이 쌓이는 듯

가면

평화의 가면 뒤에
숨어있는
악마의 존재들

예전에는
어찌
그렇게도
깨닫기 어려웠던고

가설의 체계

한 사람을 제대로
알기가
얼마나 어려운가

양파껍질 처럼
내면은
항상
보일듯 보일듯 하면서도
보이지 않지

남녀사랑은
온통
가설의 체계

대개
자기 마음대로
상대편을 상상하고는

그 환상을 쫓아
난리를 치는 블루스

다행

세금이
갑자기 오른다고
너무
투덜대시는군요

이 정도라면
상대적으로
정말
아무 일도 아니겠죠

어쩌면
오히려
아직까지는
다행으로 여겨야 할껄요

앞으로
천문학적 예산수요와
공개념의 확대적용으로
당신의 전재산을
거의 몽땅
잃을지도 모릅니다

세상이

이미

황당하게

바꾸어지기

시작했으니까요

위로

암으로
죽음을 피할 수 없는
환자에게

젊고
건강한 청년이 와서
무슨 말을 할지라도
별 위로가 되지 않는다

같은 병실
암환자가
"나와 같은 처지군요
죽음은 두렵지 않아요"
라고 웃으며 말하면

큰 위로가 될 것이다

암시

당신께
내 마음을
활짝
열어 두었습니다

언제든지
마음이 내키시면

전혀
주저하지 마시고

나에게로
더욱
가까이
다가오세요

참 좋은 가르침

나는 불교도는 아니지만
참 좋은 가르침을
항상 잊지 못한다

"오는 사람 막지 말고
가는 사람 붙들지 말라"

나무아미타불관세음보살

마찬가지 논리로서
"오는 여자 막지 말고
가는 여자 붙들지 말라"

사상투쟁

자유 수호를 위하여

두 가지 투쟁이
모두 똑같이 중요하다

그런데
무장투쟁에는
주로
병사들이 참가하지만

사상투쟁에는
남녀노소
누구나 참가할 수 있다

열매

배밭속을 다니다가
머리에
살짝
부딪히는 것이 있어서
뒤돌아 보니

아주 커다란
배가 하나 달려 있네

주인님
잠깐만
그냥 지나가지 마세요

보세요
내가 이처럼
멋지고
탐스럽게 컸잖아요

그냥 이대로 남겨두시면
곧 까마귀들이
나를
사정없이 쪼아대거나

찬바람이 불면
썩어서
보기 싫게 변해 버려요

내 운명을
결코
헛되게 하고 싶지 않아요

제발
지금 나를 따서
데려가 주세요

창살없는 감옥

나를
부자유스럽게 만드는
최대의 감옥은
나의 정신
그 자체

고정관념
이것은
창살없는 감옥

우선
아무리 노력해도
안된다는 생각에서
해방되어야 한다

추석

불이 꺼지고
본 영화가 시작되듯이

태양은
잠시 자리를 피해주고
숱한 별들도
가물가물

달님은
드디어
아늑하고 환한
사랑의 무대를 마련한다

사랑의 주인공들이
이곳에 등장하여
취한 듯
춤을 추네

사랑하는 마음들아
한번
모두
이곳에 모여 보자

더욱
둥글게
둥글게 이어져
하나가 되어 보자

더욱
둥글게
둥글게 이어져
완성을 시켜 보자

십시일반

암울한 시대에
우리를 위하여
초개같이
목숨을 버릴수 있는
영웅만을 기다리지 마라

온 국민이
십시일반으로
조금씩
마음만 옳게 먹는다면

앞으로
안중근 윤봉길 의사 등과
같은 분의
안타까운
극단적 희생이 없이도

얼마든지
우리 사회의 정의를
실현할 수 있을 것

민족통일

민족통일을
어떻게
생각하느냐고요

그야
당연히
적극 찬성이지

다만
개인의 자유가 존중되는
통일이 된다면야

이게 아닌가베

서로 겨누고 있다
내가
먼저
총을 내려 놓으면

당연히
상대방도
그렇게 하겠지

그러나
내가
총을 버리자마자
나는 그만
총에
맞고 말았다

어어
이게 아닌가베

아프리카

핵무기위협 보다는
사자나 호랑이가 포효하고

주사파 보다는
코끼리떼가 움직이고

간첩들 보다는
기린떼가 기웃거리고

게릴라 보다는
소떼들이 어슬렁거리는

아프리카의
저 광활한 초원이
오히려
더 좋은 세상이 아닐까

불확실성

어느 누구와
친하려고 하는가

자기자신을
드러내며
불확실성을 낮춰야

어느 누구와
싸우려고 하는가

자기자신을
감추며
불확실성을 높여야

그러려면 차라리

국군을 약화시키는거나
안보위험을
스스로 감수하는 것은

거의
패전국의 항복과
같은 짓이다

그러려면 차라리
제발 아무런 협상도 하지마라

비핵화협상
평화무드조성
신뢰구축
무장해제의 시도가
오히려 독이 된다

우리에게
더 강한 힘이 있을때만
평화가 보장되는 법이다

간월재

땅만 보고
힘겹게
간월재 능선에 올랐다

겨우
한숨을 돌리자

물결치는 듯이
넓게
탁 펼쳐지는
하아얀 억새풀밭

아아
이곳에 맘껏 뒹굴며
사랑의 꿈을
이루고 싶어라

이곳에서
바람이 되고
구름도 되고 싶어라

여명

칠흑처럼
새까만 어둠속에서
한치 앞의 길도 찾지 못했지만
서서히
동창이 밝아오니

산능선의 윤곽이 드러나고
구름이
점점이 흘러가고
나무가지들도
보이기 시작한다

빛이
어둠을 이기고
당당히
나타나며
나는
쌍수를 들어 맞이한다

빛은
신의 모습
신은
빛의 영광

자연히
오랫동안
잊었던
기도를 다시 올리게 된다

빛을 등졌던
삶을 용서해 주시고
잠못 이루던
이 밤들을 끝내주소서

우리를
모두
어둠 속의 환난에서
구하여 주소서

강심장

오늘이 될지
내일이 될지

전쟁,
내전,
혁명상황의 우려로
이 나라의 운명이
풍전등화 같아

마음이
조마조마
매우 뒤숭숭하고
정신이
뒤죽박죽
아침에 일어나도
늘 찝찝한 느낌

음식을 먹어도
소화가 안되는 것 같고
웃어도
웃는 것이 아니고
미인을 보아도
가을 경치를 보아도
그 아름다움이
반감 되는듯 한데

저녁식사때
만취하여
길거리에서
우왕좌왕 하는 저사람들

이차로
노래방에 가서
신나게 놀아보자
서로 외치니

참으로
속 편한
강심장들이로고

이런 심각한 판국에
어찌
그런 기분이 날까나

반역자

주적의 세력을
등에 업고
이적행위를 하면

아무리
기고만장
설친다고 하더라도

그냥
하찮은 정신의
인간일 뿐

국가의 은혜를
저버린
반역자에 불과하다

선악관계

악을 악으로 갚는
보통사람들

선을 악으로 갚는
나쁜 사람들

악을 선으로 갚는
착한 사람들

횃불

정녕
이들이
보이지 않는단 말인가요

거짓의
이 깊은 어둠의
세상에서도

진실을 밝히고자
양심의
횃불을 들고

피를 토하며
절규하듯
무수히
전진하는
마치 십자군 같은
저 수 많은 용감한 사람들

눈뜨고도
장님같은
이 방관자들이시여

정녕

이들이

보이지 않는단 말인가요

또 다른 평생

오늘 하루 할 일 중
반만 하고
반은 포기했다
다행히
또 다른 하루가
찾아왔다

이번 한달 할 일 중
반만 하고
반은 포기했다
다행히
또 다른 한달이
찾아왔다

올 한해 할 일 중
반만 하고
반은 포기했다
다행히
또 다른 한 해가
찾아왔다

이제는
한 평생 할 일 중
반만 하고
반은 포기해야 한다

그렇다고
다행히
또 다른 평생이
찾아오지는
않겠지

원망

어느 집안의 딸이
엄마에게 원망한다고 한다

어릴 때
너무
남자를 못 만나게 하고
집안에만
꼭꼭
가둬 두어서

남자에 대한
분별력이 부족해
너무 쉽게
쉽게

그만
현재의 애 아빠를 만나
이렇게
생고생을 하고 있잖아요

아이고
내 팔자야

맨날
잘 놀아나고
엄청 싸돌아다녔던
내 친구는
저렇게 버젓이
지체 높은
사모님이 되었는데

엄마가
내 인생 책임져 줘요

극악의 체제

역사적으로
인간의 자유를 빼앗은
극악의 4체제로는

파쇼나치체제
프롤레타리아독재체제
왕조신분체제
중세교황체제

현실도피

난세임에도
불구하고

막연한
낙관주의는
안타깝다

알고 보면
가슴속 깊이
공포가
숨겨져 있는 듯

암울한 현실을
감히
똑바로
직시하지 못하고

그냥
즐거운
환상속에
숨어 버리려는

현실도피일 뿐

음악

음악 때문에

추억이 그토록
아름다워지고

연인이
그토록 그리워지고

자연이
그토록 정다워 지는구나

음악이 존재하기 때문에

이 세상을
더욱
떠나기가 싫어지는구나

내 곁에

내가 지금
웃는 것이
웃는 것이 아닙니다

나의 미소만을 바라보고
행복을 점치는
사람들은

아직
나를 잘 모르는
바람처럼 스쳐가는
남남이겠지요

너무나
그립고
외로워서
가슴속으로
울고 있는
내 영혼을 발견하고는

내 곁에
조용히 머무는 사람들이

바로

내 소중한 친구요

또는 연인이랍니다

모르겠구나

세상이 어수선하니

내 마음속이
갈팡질팡
걷잡을 수 없구나

내 마음속의
가장 깊은 곳에는

천사가 있는지
악마가 있는지도
모르겠구나

미로

진짜 어려운
미궁속에서
좁은 돌파구를
이리저리 찾아가고 있다

서로 경쟁적인
미국과 중국을
동시에
친해야 한다

서로 적대적인
중국과 일본을
동시에
가까워야 한다

일본과 협력은 해야 하지만
동시에
일본 군대의
한반도 상륙이나 침략은
경계해야 한다

한반도에서의
전쟁은 절대 피하면서
동시에
북한의 비핵화를
달성해야 한다

북한의 비핵화가 될 때까지는
북한과 평화적 관계를 유지하면서도
동시에
안보를 위하여
미군 주둔 및 한미군사합동 훈련을
계속해야 한다

민족통일을 지향하면서도
동시에
자유민주주의를
반드시 지켜내야 한다

진짜 어려운
시계열의
다차원 방정식 문제와 같다

우리 국민은
지금 미로를 찾아가고 있다

믿음

마침내

마음과
마음이
서로 통하여

믿음이 되니

이 보다
더 큰
기쁨이 있을까

삶의
보람이로고

여자

다른 동물들은
이렇게
생각할 것만 같다

동물들 중
인간이란 종족의
암컷들은

왜
유난히도
꽃처럼 아름다운지
도무지
모르겠네

궁금하여

이십대 초에
소설책 괴테의
'젊은 베르테르의 슬픔'을 읽고
눈물을 펑펑 쏟은 기억이 난다

세월이 흘러
노인이 되어서도
아직도
옛날과 같은 감흥이 과연 또 올까

이것이
자못 궁금하여
이 책을 다시 읽어보기로 했다

정독했지만
안타깝게도
옛날과 같은 뜨거운 눈물이
내 눈에
한방울도 흐르지 않았다

그 사이에 내 마음이
그렇게도
사막과 같이 메말랐나 보다

아니면
원래 명작이라는 것도
때와 장소에 따라 크게 달라지는
매우 상대적인 것인지도 모른다

더 위대한 사랑은

오직 한사람에게만
배타적으로
집착하여 사랑한

작품속 '젊은 베르테르의 슬픔'의
자살보다도

또한 '로미오와 줄리엣'의
동반자살 보다도

분명히
더 위대한 사랑은

모든 억압받거나
불행한 사람들에게
포괄적인 인류의 사랑을 베푸는

안중근 장군의 희생이나
마틴루터킹 목사와 같은 분일듯

참고하소서

환생을 꿈꾼다

만약
지금의 내 정신 상태를
그대로 갖고

다만
젊은 시절의 육체를 입고
과거의 시절로 다시 돌아간다면

그리고
그리운 사람들을
다시 만난다면

이 보다 더 큰
행복의 극치는 없을 것이다.

부활과 축복의 천국은
따로
낯선 곳이 아닐 것이다

천국을 만드시는
신이시여 참고하소서

생산양식의 변동

유전공학의 발달로 말미암아
난자와 여성체세포의 결합

여자는 남자없이도
스스로
아이를 만든다

인간육체의 생산양식이 변동하고 있다

마찬가지로
디지털혁명으로 말미암아
무인공장의 등장

자본은 노동없이도
스스로
자본을 증식시킨다

역시 같은 논리로
재화의 생산양식도 변동하고 있다

젊은 교수의 자살

2017년 3월 17일 뉴스

35세의 젊은 교수가
성추행의 누명을 쓰고
해고되기 직전
자살했다

결백하다는 유언만을 남기고

불가항력

더 이상 살 희망이
보이지 않았기 때문이겠지

실제는
다른 사람의 성추행이
잘못 고발된 것이다

어찌하여 성추행의 죄는
살인죄 보다도
더 무서운 것이 됐을까

잘못 고발한
그 여자의 마음은
과연 평생 괜찮을까

남에게 성추행의 죄를
뒤집어 씌운
그 사람의 책임은 어디까지

그 자살한 젊은 교수는
영원히 되돌아 올 수 없다

안타까움과
마음에 남겨진 혼란이
그지없다.

불쌍한 사람

배가 고파서
라면값이라도 보태달라는
불쌍한 사람

무심코
외면하고
그냥 지나쳤다가
스스로 놀라서
다시 그를 찾아갔다.

혹시
나를 시험하시는
예수님이
보고 계실지도 몰라서

미국우선

돈이 아주 많은
어느 재벌이
가족우선이라고
떠들고 다니면
정말 꼴불견이다

아주 부강한
미국이
미국우선America first이라고
외치고 다니니
정말 어처구니가 없다

선생질

상대가
더 무식해야

가르칠
필요가 있고

그래야만
먹고 산다니

간접경험

산전수전山戰水戰을 겪고
평생을 살아온 노인을 보고
흔히 경륜이 쌓였다고 말한다
이 때의 경륜은 직접경험이다

경륜은 바로
큰 조직이나 나라를 다스리는
리더십

예로부터 부족의 추장이나
소국가의 지도자들은
대개 경륜이 많은 자들 이었다

그러나 직접경험은
시간 노력 비용 위험 등의
그 대가가 너무 크다

남아수독오거서南兒須讀五車書는
간접경험인
독서를 강조한 옛 말씀
보다 쉽게 경륜의 경지에 이르게 한다

자고로
직접경험의 한계를 초월하여
타인이 이루어 놓은 모든 업적
간접경험을 잘 활용하는 자가
경쟁력을 가졌었다

더구나 학문은
옥석을 분별하여
전 인류의 총체적 간접경험을
가장 효율적으로 달성하는
정수精髓만을 모은 것

경영자의 길

경영자의 길은
종합인식의 길

보다 넓고 깊게 생각하는 길

가급적 좁고 깊게 파고드는
기술자의 길과는
가는 방향이 근본적으로 다르다

경영자의 길은
종합인식의 길

경영은
다른 사람을 통하여
즉, 조직을 통하여 활동하는 현상
소우주인 조직구성원 하나하나를
모두를 포괄하는 길

이는 혼자만의 좁은 직접경험으론
해결하기 어렵다

학문은 간접경험의 정수

이를 통하여

직접경험의 한계를 초월하는

정신적 자유와 해방을 주고

넓은 종합인식을 가능케 한다

경영자의 능력은

종합인식 수준에 거의 비례할 것이다

경영자의 길은

종합적 학문의 길

0.1초

사고가 나면
인생이 완전히 달라 진다

운명이 바뀐다

사고 전과 사고 후 사이의
걸리는 시간은
단지 0.1초 보다 짧다

이 시간은
운명이 바뀌는 시간

아카페 사랑

신은 사랑이시요
사랑은 진선미이라고 하지만

어디를 향하느냐에 따라
그 사랑의 성격이 서로 달라진다

타인을 향하여
진선미를 추구하는 마음은

더 높게 평가되는 상대를 찾아
상호비교적이고
그래서 가변적이며
행복추구의
에로스 사랑으로 향한다

반면에
자신자신 내부의
진선미를 추구하는 마음은

자신을 승화시키며
절대적이며
영구적이며
인격완성의
아가페 사랑을 향한다

세계사

세계사 독서후에

가장 큰
특징에 관하여
한마디 소감을 말하라면

무자비한
인권유린의 역사

어느 로마의 여인

로마 황제는
황후가 병으로 사망한 뒤

잘 생기고 건장한
사내아이 몇 명을
이미 쑥쑥쑥 잘 낳은
어느 귀족의 여인에게 눈독을 들였다

황제는
그녀의 남편에게
부탁겸 명령조로
그녀를 자기에게 달라고 하였다

그리고
그녀를 새 황후로 만들었다

성대한 황후의 즉위식 때
전 세계의 직령지 및 식민지에서
축하사절단
혹은 조공물들이 쇄도했다

로마황제는 아직 후계자가 없어
매우 불안하고 초조하다
그래서 아이를 낳은 적이 없는
처녀에게는 별 관심이 없다

오히려
오직 수태능력이 충분히 증명된
그런 여자가 필요했던 것이다

새 로마의 황후는
앞으로 목숨걸고
반드시
황제의 아들을 낳아야만 하는
기이한 사명을 갖는 팔자

공주병

나같은
최고의 미녀를

감히
넘보시다니

욕심이
너무
지나치시는군요

화장품

모두 화장을 안하고
민낯이라면
아름다운 여성이
얼마나 줄어들게 될까

자신을 그대로
솔직하게
잘 드러낸다고
언제나 옳을 수 있을까

만약 화장품 사용을
진짜를 가리는
속임수라고

엄격히 불법화하려 한다면
어쩌면
정권이 뒤집혀질지도

예방의학

먼저
맑은 물 마시고
깨끗한 공기 속에서 살도록

비타민과 무기질은
세균을 이기는 항체 성분이니

절대 편식하지 말고
다양한 음식 섭취가 중요하다

운동을
열심히 하여서

당분과 포도당은
빨리 소비해 버리고

각종 영양분은
온 몸에 잘 공급토록
혈액순환을 촉진시킨다

게다가
스트레스 받지 않도록
마음까지 비운다면

아마도

더욱 건강하게

오래오래 살 수 있겠지

규칙

두 종류의 사람들이
존재하는 듯

자꾸만
새로운 규칙을 만들어내고

다른 사람들이
이를 지키도록 하는 것을
좋아하는 사람

자꾸만
기존의 규칙을 깨뜨리고

다른 사람들이
여기에서 해방되도록 하는 것을
원하는 사람

헛되도다

모름지기
한 우물만 파야 한다기에
약 35년간
오직 그렇게 했지만

퇴임 후

나의 지식을 구하려
찾는 자가
아무도 없구나

그러니까
지금까지 세상사람들이
별로
필요도 하지도 않는 것으로

평생의
억지 밥벌이를 해온
셈이 되는군

아아
그 세월이 헛되도다

맹세

80대에도
마라톤을 한다는
서로의 맹세를 지키려면
적어도

첫째, 그때까지는
반드시 아프지 말아야지

둘째, 그때까지는
반드시 죽지 말아야지

답이 없구나

저쪽은 핵무기가 있다
그러나
우리는 없다

만약
미국과 북한의
양자간 평화협상으로

미군이 철수하면
적화통일이 명약관화

이날은 지옥문이
열리는 날이겠지

오호통재라

우리도 핵무장 하든지
아니면
전혀 답이 없겠구나

이제는 헛소리할
시간조차도 없구나

똑 같이 웃고 있다

천사같은 사람과
악마같은 사람이

서로 마주보며
똑 같이 웃고 있다

한쪽은
상대를
사랑하는 마음으로

다른 한쪽은
상대를
파멸시킬 기쁨으로

고문

가난하다고
비관하지 마세요

외롭다고
슬퍼하지 마세요

병치레 한다고
절망하지 마세요

이 세상의 역사를 살펴보면
죽음조차도
더욱 무서운 고문으로
인권침해를 당한 사람들이
너무나 많아요

여기에 비교하면

어쩌면
지금 자신의 모든 불행은
위로받을 수 있을 겁니다

작품의 동기

인간에게
식욕과
성욕
권력욕 이외에

강한 욕구가 하나 더 있다

이것이
또 다른 본능이라면

뭔가
남기고 싶은 본능
작품의 동기

과학기술, 문학, 예술 등
온갖 작품들은
바로
이 본능 때문에 생겨나는 듯

인생은 짧지만
작품은 길다

마지막까지 도와주소서

언제인가
훗날의
나의 모습이 그려진다.

눈이 보이지 않고
냄새도 못 맡고

음식 맛을 못 느끼고
씹을 수 없고
음식을 삼킬 수 없고
수저를 들 힘도 없고

침상에서 일어날 수 없고
걸을 수 없고

스스로 화장실에도 못가
대소변을 가리지 못하고

기억력을 상실하여
누가 누군지 모르고

말도 잃어버리고
누구와도 대화가 안 되고

판단력이 없어지고
의식이 오락가락 할 때

신이시여
부디
품위 있게 죽을 수 있도록
마지막까지 도와주소서

현명하지 못한 듯

쉬운 일을
자꾸만
어렵게 생각하거나

어려운 일을
자꾸만
쉽게 생각하는 것

모두
현명하지 못한 듯

잔인성

당신은
소설책을 쓸 때

최대한 어디까지
잔인함을 창의적으로
생각해 낼수 있겠습니까

아무리 상상해도
새로운 것
전혀 없습니다

인류가 이미
모두 자행해 왔던
짓거리들이기에

질투

단풍이 바람에
흩날리는
저녁

남산의 산책길을
다정하게
같이 올라오는
남녀가
너무나 부럽다

네온사인 불빛에
솜사탕처럼
부드럽고
달콤한
매력의 여인

그래도
마음까진
그렇게 예쁘진 않겠지

아마도
그렇겠지
아암
그렇고 말고

세상 만사
좋은 것을
어찌
모두 다
갖출수야 있겠나

이렇게 생각하니
부러움이 적어지네

환생

지하철 타려고 서 있는
저 여자는
옛날 젊을 때에 만났던 적이
있었던 것 같다

너무나 닮아서
보고 또 보았는데
그만
눈이 마주치고 말았다

그녀의 눈동자가 커지고
환한 표정
어쩌면 그렇게도
똑같이 닮았을까

그렇지만
벌써 수십 년이 흘렀으니
혹시 지금 할머니가 된 그녀가
다시 젊게
환생한 것은 아닌지

갈대밭

갈대밭이
새파랗게 무성할 때는

사람들이
별로
관심을 두지 않았는데

이제
한 해가 저물어
백발처럼
하얗게 변했을 때는

오히려
아름답다고
사진찍고 난리이다

노인들의 삶도
저 갈대밭과 같다면

비현실적 삶

울어야 할 때
이유없이
웃고

웃어야 할 때
이유없이
울고

비관해야 한 때에
근거없이
낙관하고

낙관해야 할 때에
근거없이
비관하고

죽은 자

이미
죽은 자들이
오히려
왜 이렇게도 부러운가

이들은
인생의
가장 어려운 숙제를
먼저
해치워 버렸으니

이 난세에
한발 한발
내게로
가까이 다가오는

나의 십자가

권력

자주
권력 자체가
인간성을 파괴시킨다
타락시킨다

착한 사람에게
갑자기
큰 권력이 주워지자
사나운 짐승으로
돌변했다

권력을 도로 잃게 되자
다시 착한 사람으로
되돌아왔다

다시
권력을 되잡게 되자
역시
잔인한
악당으로 변했다

끄떡없도록

난세에는
특별히

우리나라를
속이거나
배신하거나
해롭게 해도

끄떡없도록
미리
튼튼하게 대처해야지

나중에
원망은
아무 소용없다

이사

이사했다고
끊어질 관계라면

원래부터
그렇게
친한 이웃 아니다

그런 이웃 때문에
이사못할 이유도 없다

죽음의 주제

죽음의 주제는
등불이다

이 어둠의 세상에서
이리저리
방황하는 나를
올바로
인도해 주는

빛이요
가르침이다

위장평화

웃으면서
상대방이
방심한 사이에

갑자기
그의 배떼기에
칼을 꼽는
악랄한
갱 두목처럼

위장평화는
전쟁보다
더욱
위험하다

다른 문제

죽느냐
사느냐와

어떻게
죽느냐는

서로
전혀 다른
문제

균형

이 세상에
단맛만 있고
쓴맛은 없다면
균형이 아니겠지

이 세상에
기쁨만 있고
슬픔은 없다면
균형이 아니겠지

사진첩

지난 날의
많은 사진들을
정리하려니

추억들이
주마등처럼 지나간다

현실로
되돌아오지 않고

젊은 날
이 사진들 속으로
그냥

쏙
빠져들어갈 수만
있다면

무서운 사람

평소에
마음씨 좋게 보이는
내 앞의
저 사람조차도

만약에
체제가 바뀌어
권력의
완장을 찬다면

아마도
아주
무서운 사람으로
돌변하겠지

물고기들

물고기들은
칸트를
알 필요가 없다

양자역학을
알 필요가 없다

반도체원리를
알 필요가 없다

유전공학을
알 필요가 없다

물고기들은
자신들의 생존에
필요한 만큼만
알 뿐이다

그 죄악은

수천만 명의
국민을

킬링필드로
몰고간
그 죄악은

얼마나 클까

요행

각종 사고로
수많은 사람들이

죽다
죽다
죽다
죽다

나는
매번
요행히
죽을뻔하다 살아났다

그 차이뿐

인성교육

반드시
종합학문적이며

과학적이며

자율적으로 학습해야
가능할 것

인문사회과학

인문사회과학의 발전은

보다 더 크고 넓게
종합적 체계적 균형적으로
생각하면 할수록
잘하는 것

이와는 반면에
자연기술과학의 발전은

보더 더 좁고 깊게
인류가 아직까지 도달하지 못한
새로운 미개척 전문분야로
파고들면 들수록
잘하는 것

신념

그것이
진정한 나의 사상이라면

신념이 되어서
그 사상을 위하여
목숨을 기꺼이 버려도 좋을 용기가
저절로 생겨야 한다

이것이 아니라면
아직
불완전한 수준의 사상일 뿐

멀고 가까움

서로
불확실성이 높아지면
그만큼 멀어진다

상대가 거짓말 하거나
약속을 어기거나
언행을 예측할 수 없거나
안개속에 가리워지면
점점 경계심이 생기기 때문

반면에
서로
불확실성이 낮아질 때는
그만큼 가까워 진다.

시계추

시계추의 움직임처럼

극좌는
극우를 불러오고
극우는
극좌를 불러온다

인류가 발견한
최선의 자유주의체제는

수정자본주의
혹은 의회사회주의

공통분모

극우와
극좌의
공통분모는

전체주의로서
너무
서로 잘 통한다

인권유린
수준도
똑 같다

하루아침에
서로
뒤바뀔 수도 있다

행동

진정으로
사랑하신다고요

진짜인가요

그러면
말로써 하지 말고

행동으로
보여 주세요

산다는 것

산다는 것은

끊임없이
새로운
문제를 만나고

끊임없이
문제를 해결해 가는
취사선택의 과정

만약
자꾸만
미해결의
문제들이
쌓이기만 한다면

그만큼
죽음의 그림자가
다가온다

타인의 사랑

타인의 사랑으로
오늘의
내가
존재한다

그런데
타인의 사랑을
모두
하나님의 은혜로
바꾸었다고 해서
그 대신

타인에 대한
감사를
망각하게 된다면
역시
옳지 않겠지

독재의 원리

독재가
쉽게 나타나는
인류의 근본 약점은

자기
손가락 하나를
자르는 것 보다

대개
타인
열 명을
총살하는 편이
훨씬 더 쉬운 심리

자기
팔 하나를
자르는 것 보다

대개
타인
백 명을
총살하는 편이
훨씬 더 쉬운 심리

이 공포의
먹이사슬이
독재의 원리인 듯

조건이 갖추어지니

조건이
갖추어지니
그 배는 물 위로
뜰 수 밖에 없다

조건이
갖추어지니
그 배는 물 아래로
가라앉을 수 밖에 없다

조건이
갖추어지니
그 사람은 내 곁을
떠날 수 밖에 없다

조건이
갖추어지니
그 사람은 내 곁으로
다가올 수 밖에 없다

신뢰

신뢰를 쌓는데
십년이 걸린다해도

신뢰가 깨어지는데는
일분이면 족하다

물

핏줄이 같다고
더 가까운 것 아니다

생각이 같아야
더 가까운 것이다

물이 피보다
더 진할 수도 있다

공포

공포가
진실을 뒤덮고 있다

공포가
입을 처닫게 하고 있다

어느 용기있는 자가
외롭게
투쟁하고 있다

빨리 가서
진실에 합류할까나

권력투쟁

법적적용은
옳고 그름의 문제

권력투쟁은
이기고 지는 문제

차원이 서로 다르다

꿈속에서는

일출을 보고 있다

마침내
수평선 위로
해가 떠오른다

그런데
한시간 뒤
해가

바다속으로
도로 들어간다

다시
해가 떠오른다
다시
바다속으로 들어간다

이것이
반복되고 있다

비과학적인 이야기
놀랄일 없다

원래
꿈속에서는
얼마든지
가능한 일이다

연인도 생기고
귀신도 만나고
신도 만날 수 있다

바쁘다

세월이
나를 기다리지 않는다
당연한 이야기

저승사자도
나를 기다리지 않는다
당연한 이야기

아직도
공감하고 싶은 내용이 있다면

빨리 글을 써야 한다.
부지런해야 한다

비록
보잘 것 없는 글이지만
영원히
공중분해되지 않도록

지금 아니면
기회가 다시는 없을 것이다.

그래서 바쁘다.

사랑은 인간을 자유케 하는 것

초판 1쇄 인쇄 2023년 01월 02일
초판 1쇄 발행 2023년 01월 11일
지은이 남중헌

펴낸이 김양수
책임편집 이정은

펴낸곳 도서출판 맑은샘
출판등록 제2012-000035
주소 경기도 고양시 일산서구 중앙로 1456 서현프라자 604호
전화 031) 906-5006
팩스 031) 906-5079
홈페이지 www.booksam.kr
블로그 http://blog.naver.com/okbook1234
이메일 okbook1234@naver.com

ISBN 979-11-5778-582-7 (03800)